CB069666

© Elo Editora / 2020

Texto fixado conforme o Acordo Ortográfico da Língua Portuguesa de 1990. (Decreto Legislativo nº 54, de 1995).

Todos os direitos reservados. Nenhuma parte desta obra pode ser reproduzida ou transmitida por qualquer meio (eletrônico ou mecânico, incluindo fotocópia e gravação), ou arquivada em qualquer sistema ou banco de dados, sem permissão da Elo Editora.

Publisher: **Marcos Araújo**
Gerente editorial: **Cecilia Bassarani**
Designer: **Bruna Ruiz**
Revisão: **Janaina Nascimento**

Dados Internacionais de Catalogação na Publicação (CIP)
(Câmara Brasileira do Livro, SP, Brasil)

Oliveira Filho, Milton Célio de
   Poesia de guarda-chuva / Milton C. O. Filho ; ilustrações Olavo Costa. -- São Paulo : Elo Editora, 2020.

   ISBN 978-65-86036-02-2

   1. Poesia - Literatura infantojuvenil I. Costa, Olavo. II. Título.

20-34934   CDD-028.5

Índices para catálogo sistemático:

1. Poesia : Literatura infantil 028.5
2. Poesia : Literatura infantojuvenil 028.5

Cibele Maria Dias - Bibliotecária - CRB-8/9427

1ª edição, 2020

Elo Editora Ltda.
Rua Laguna, 404
04728-001 – São Paulo (SP) – Brasil
Telefone: (11) 4858-6606
www.eloeditora.com.br

  eloeditora   eloeditora   eloeditora

Milton C. O. Filho
POESIA de GUARDA-CHUVA
Ilustrações Olavo Costa

Sumário

Livro	6
Newton	9
Roda	10
Relógio	13
Telescópio	14
Estátua equestre	17
Gravidade	18
Chuva	21
Guarda-chuva	22
Deserto	25
Era uma vez...	26
A fruta e o passarinho	29
Silêncio	30
Cavalinho de pau	33
Porquinho de estimação	34
Bicho-papão	37
O último pássaro	38
Urubu	41
Bicho dragão	42
Nado livre	45
Entrevista com a aranha	46
Era uma vez...	49
Lição de História Natural	50

Livro

Olá, sou um livro!
Fique tranquilo,
não mordo como a cascavel,
que mexe o guizo.
Mas, se morder, não se preocupe:
um novo livro traz o antídoto.

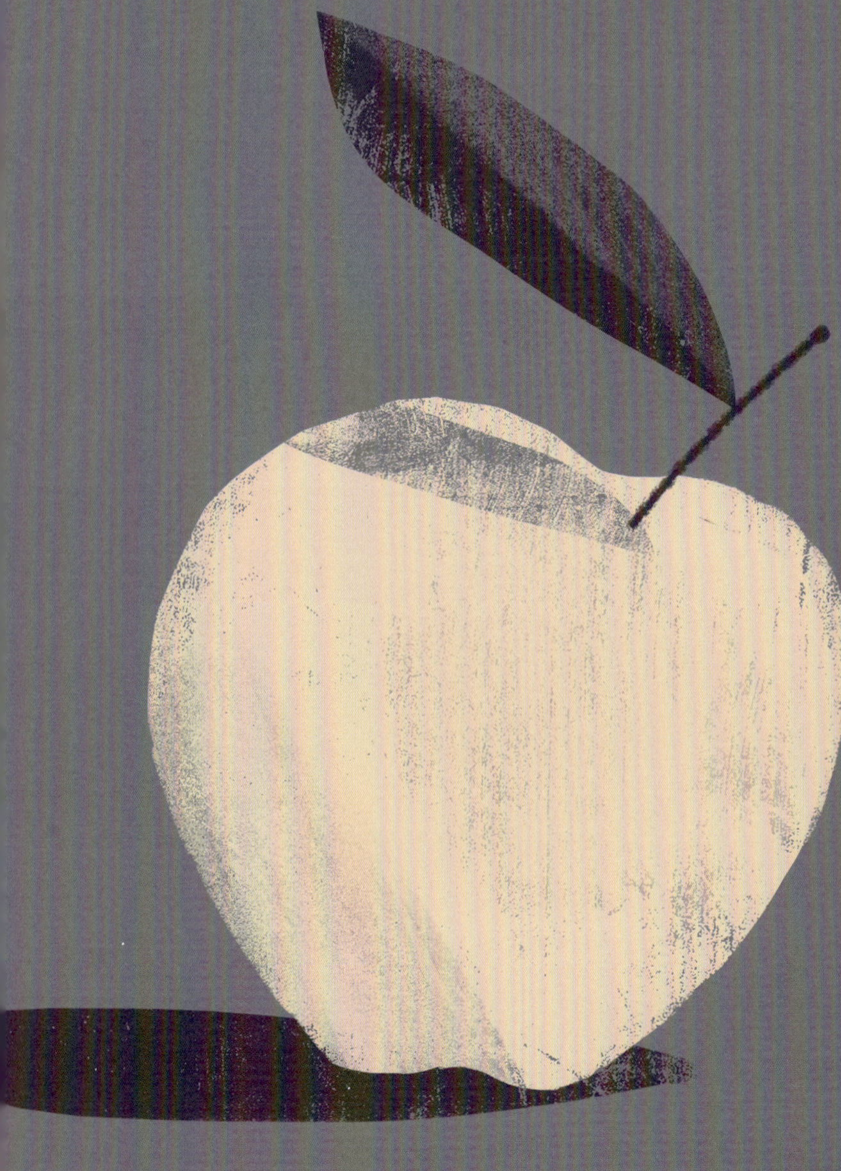

Newton

O jovem levou um susto
quando a maçã caiu
em seu cocuruto.
Por sorte, um choque sem gravidade!

Roda

Ninguém sabe
quem a inventou,
mas esta senhora,
com séculos de existência,
é das maiores invenções
da humanidade, certo?
Sem ela não haveria
carroça, patinete, automóvel,
bicicleta, *skate* nem
carrinhos de supermercado.

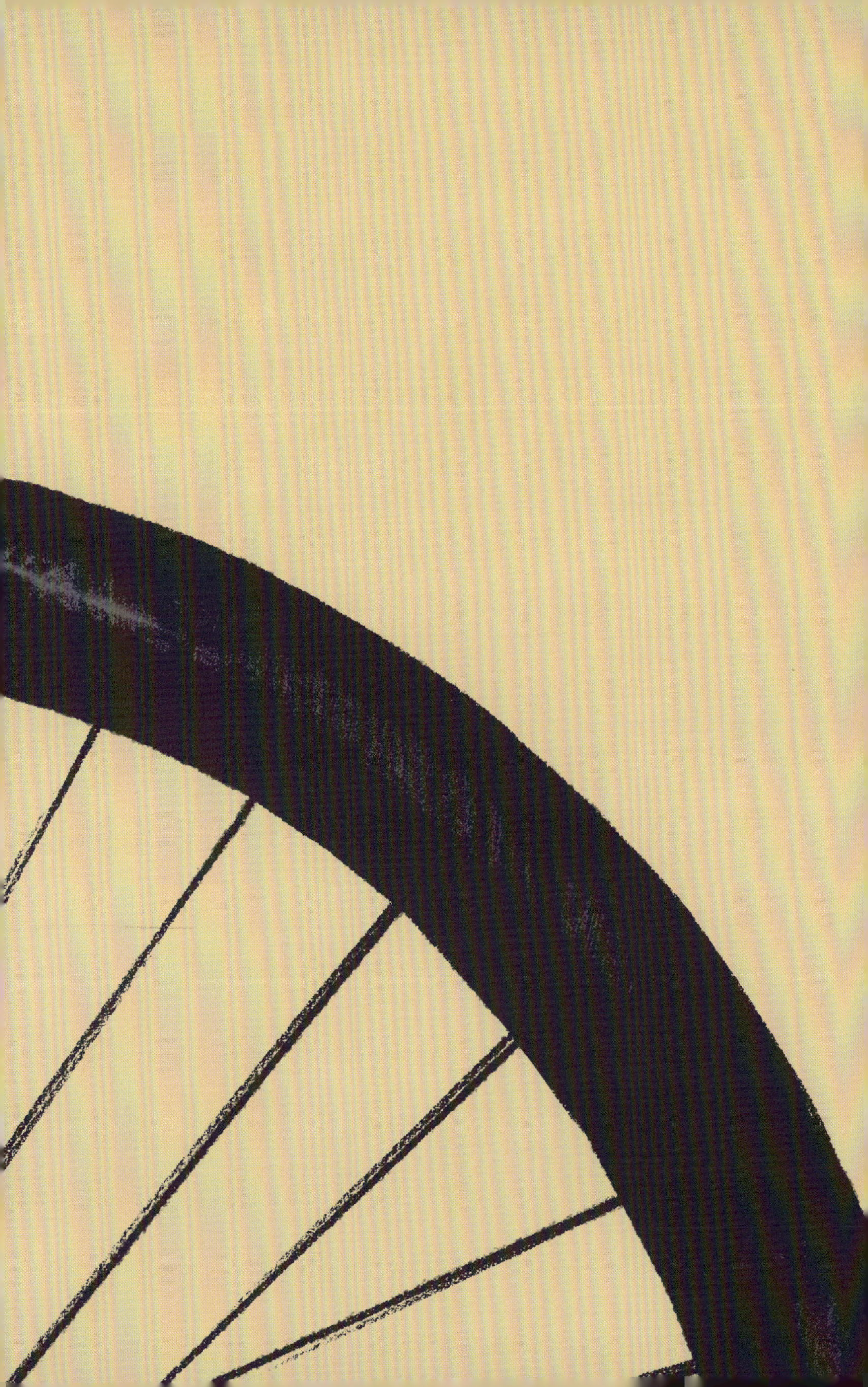

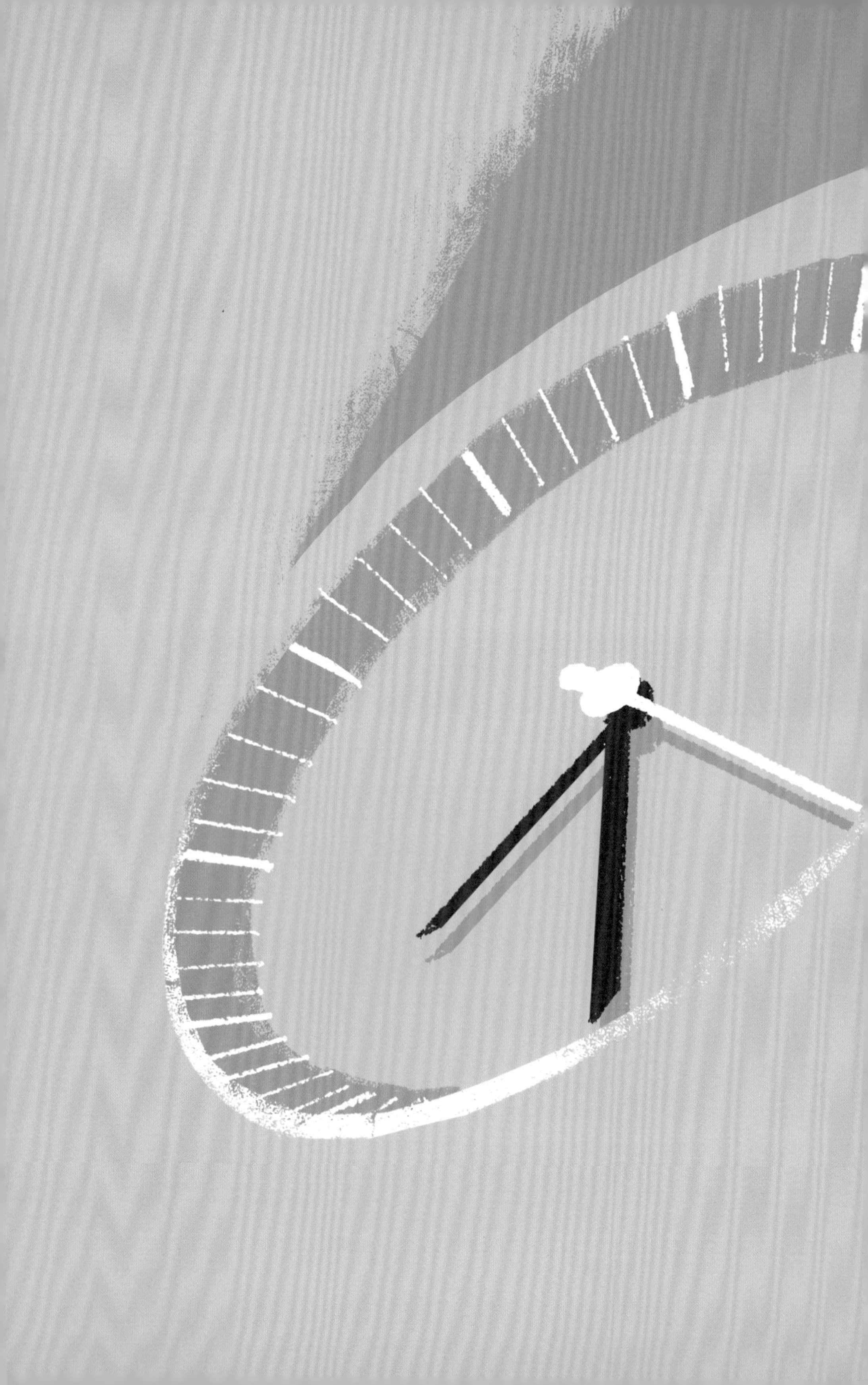

Relógio

Relógio de sol
Relógio de areia
Relógio de água
Relógio de bolso
Relógio de pulso

O relógio é isso e aquilo
na parede, no bolso ou na mão.
Muda mais que camaleão.

Telescópio

Quem inventou
o telescópio?
Não sei!
Mas não fui eu
nem o Galileu Galilei.

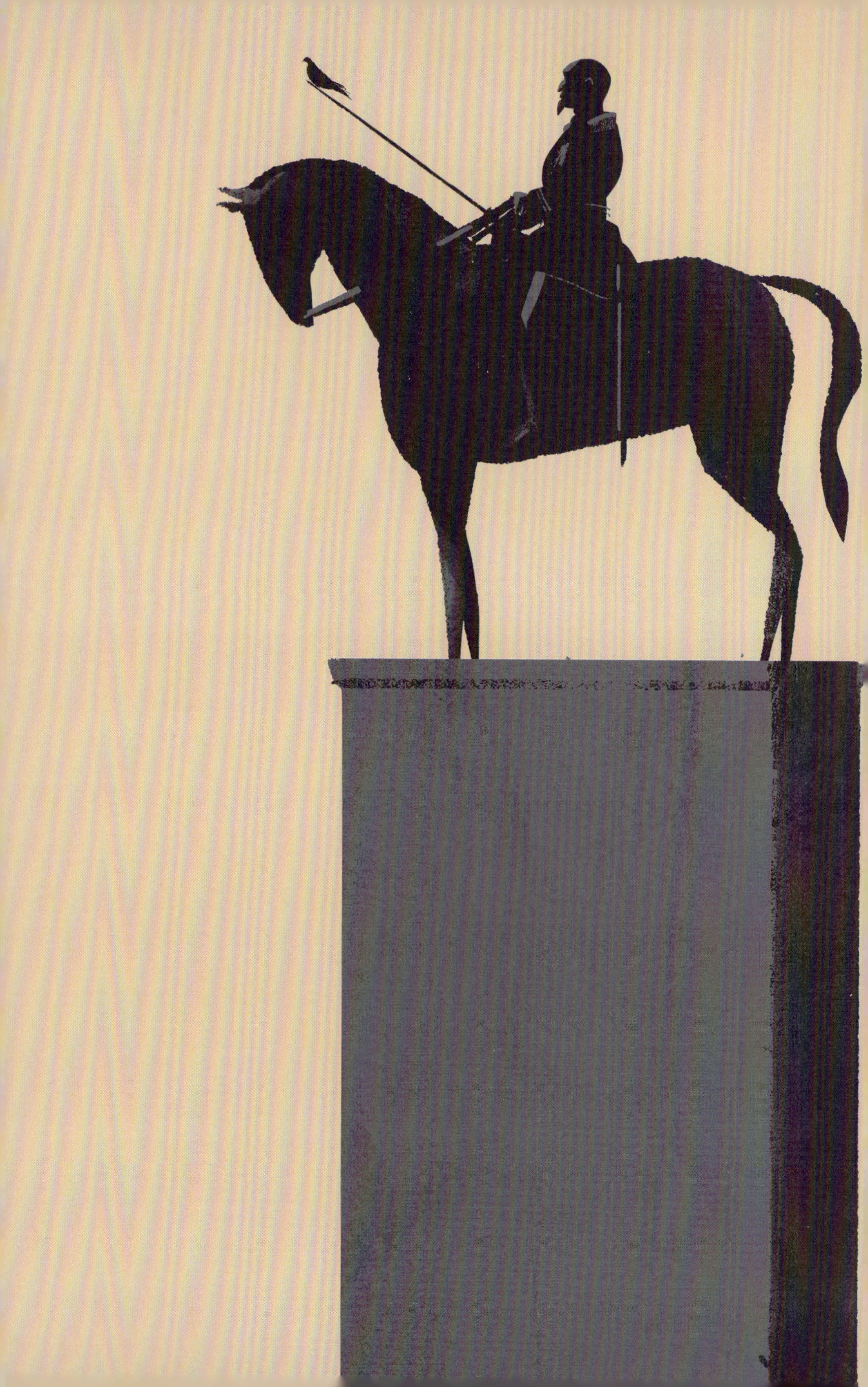

Estátua equestre

Herói, eternamente
montado em seu corcel
de bronze, içou no fio
da espada o peito azul
da pomba que ousara
sujar suas medalhas.

Gravidade

Tudo cai:
a maçã de Newton,
a flor, a tarde!

Chuva

Chove e é dia.
Se chovesse e fosse noite,
a chuva seria escura,
cor de austero guarda-chuva.

Mas chove e é dia.
A chuva é clara e bailarina,
lava as ruas e as alveja,
limpa as agruras da alma.

Se chovesse e fosse noite
a chuva seria um açoite.
Mas chove e é dia:
a chuva é leve.

Guarda-chuva

Flor!
Flor preta!
Flor que desabrochou
às avessas.

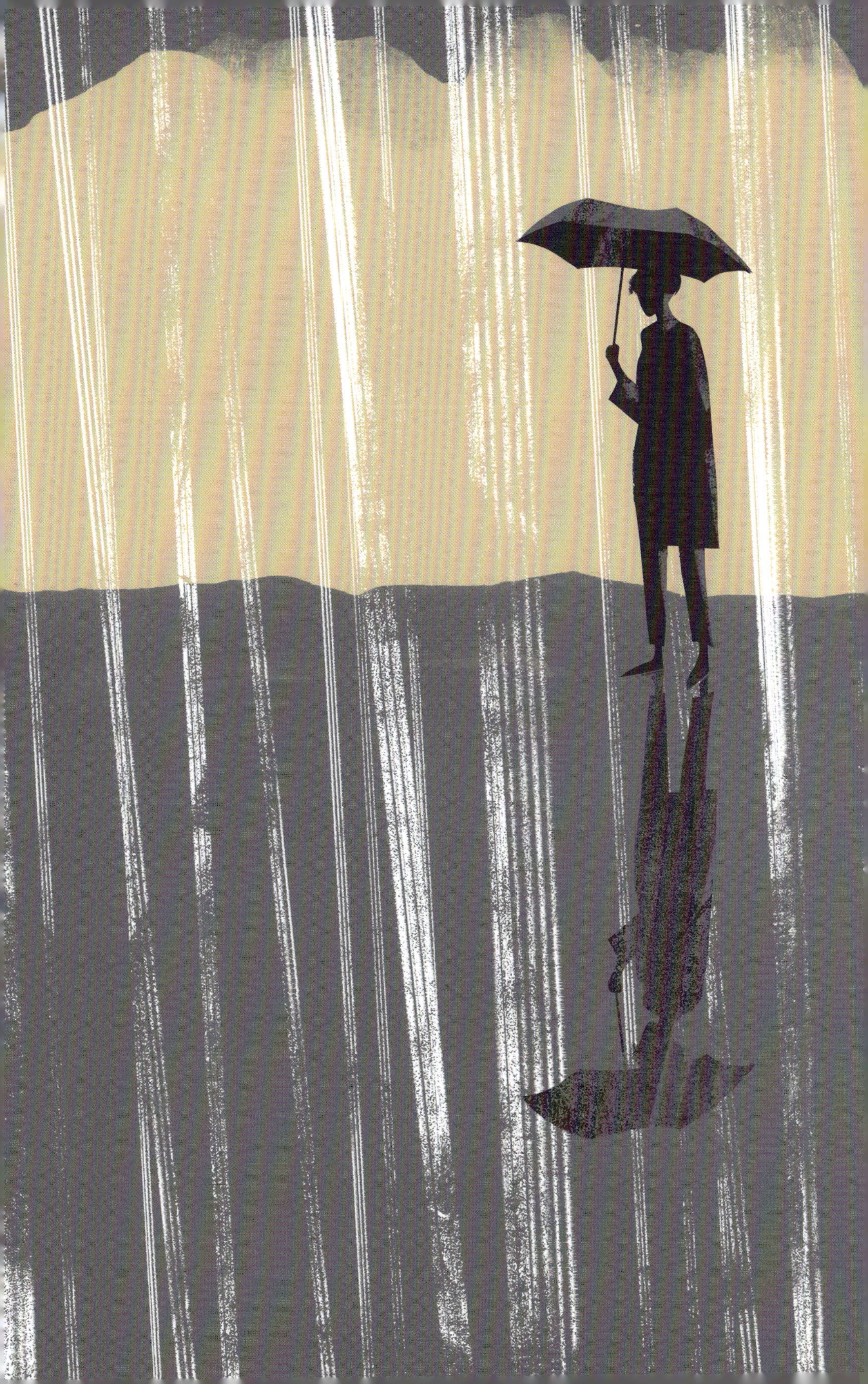

Deserto

dunas
dromedário
corcovas

Era uma vez...

Era uma vez um relógio
(um relógio bem antigo)
que, por anos, marcou
minutos, horas e segundos.

Belo dia
parou no tempo!

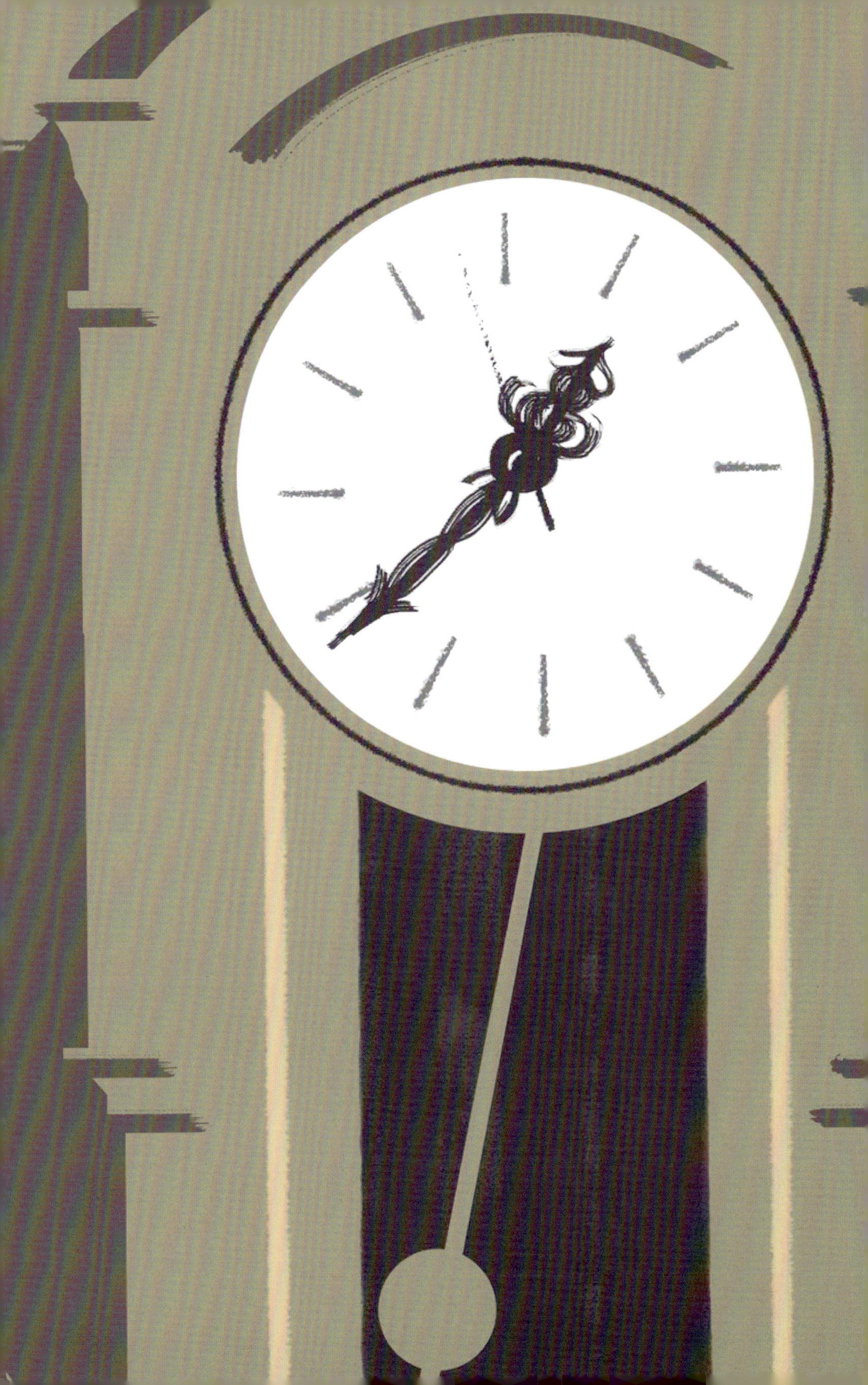

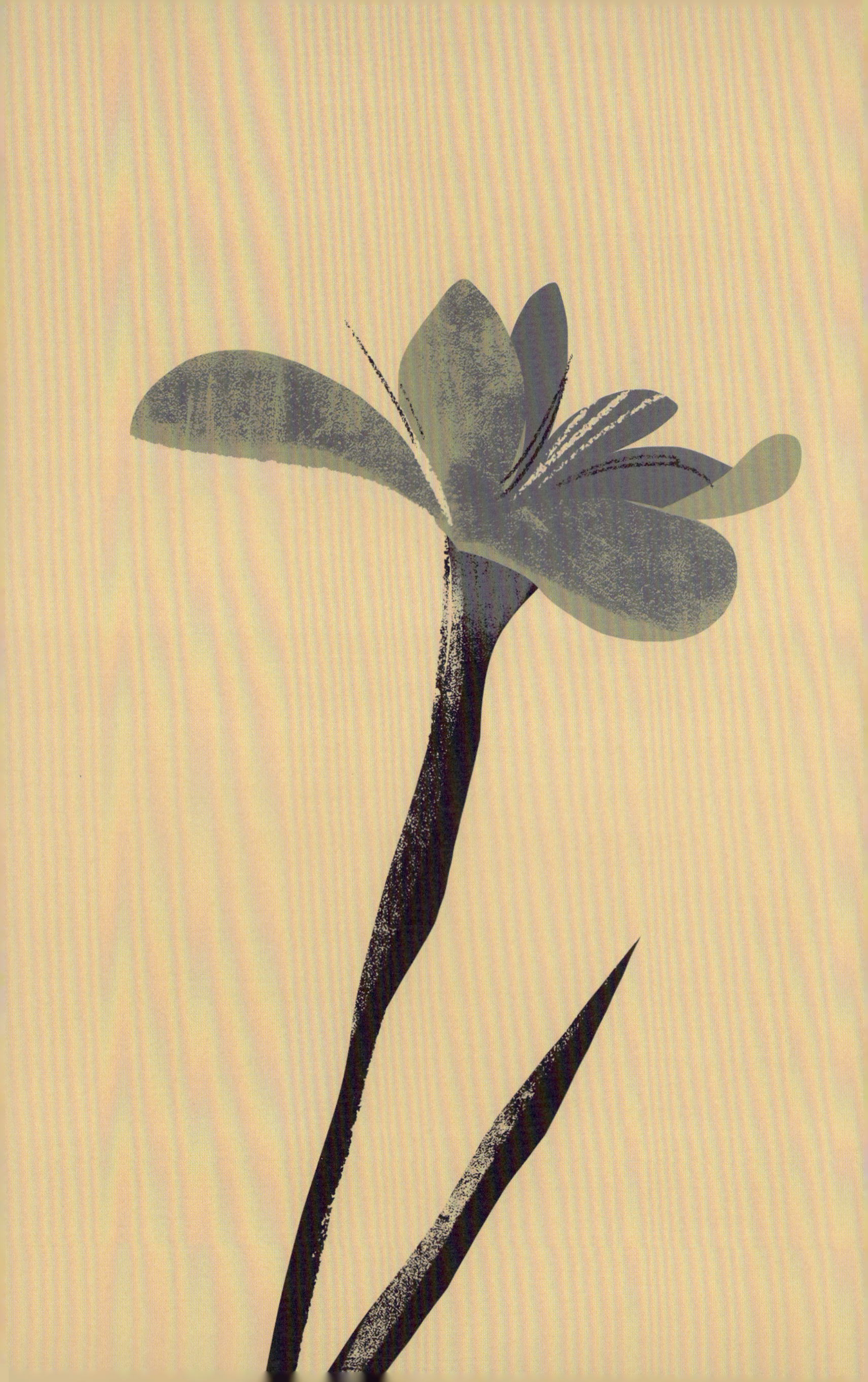

A fruta e o passarinho

O passarinho
viu a fruta
e festejou:
que belo
banquete!

Depois, o bucho
cheio, o que fez
o passarinho,
com quatro letras?

Cocô com algumas sementes!

Uma ficou
no cimento,
outras o ventou levou,
e a que terminou no chão
belo dia virou flor!

Silêncio

Palavra interessante,
que perde o sentido
quando dita em voz alta.

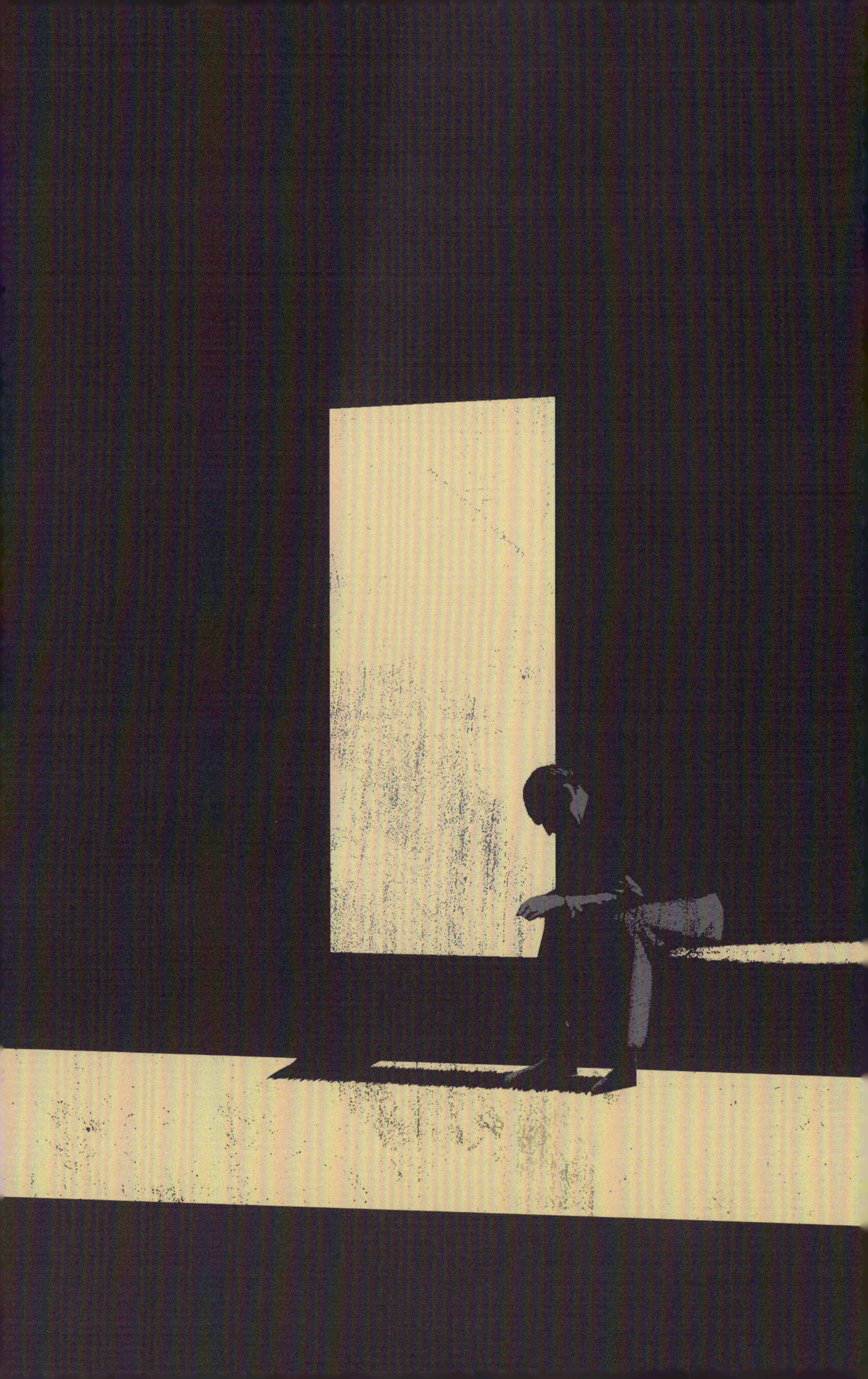

Cavalinho de pau

O cavalinho de pau
não é cavalo de verdade,
moldado em pelo e osso,
tampouco trota ao vento:
mas pra mim é como se fosse!

O cavalinho de pau
não é cavalo de verdade!
Mas, pra mim, o cavalinho de pau é melhor
do que um cavalo de verdade,
pois sei que dele nunca levarei um coice!

Porquinho de estimação

O nariz feito tomada,
o rabo feito uma mola,
é tão doce o porquinho,
tão cheiroso e perfumado,
tem até laço de fita:
este não vira toucinho!

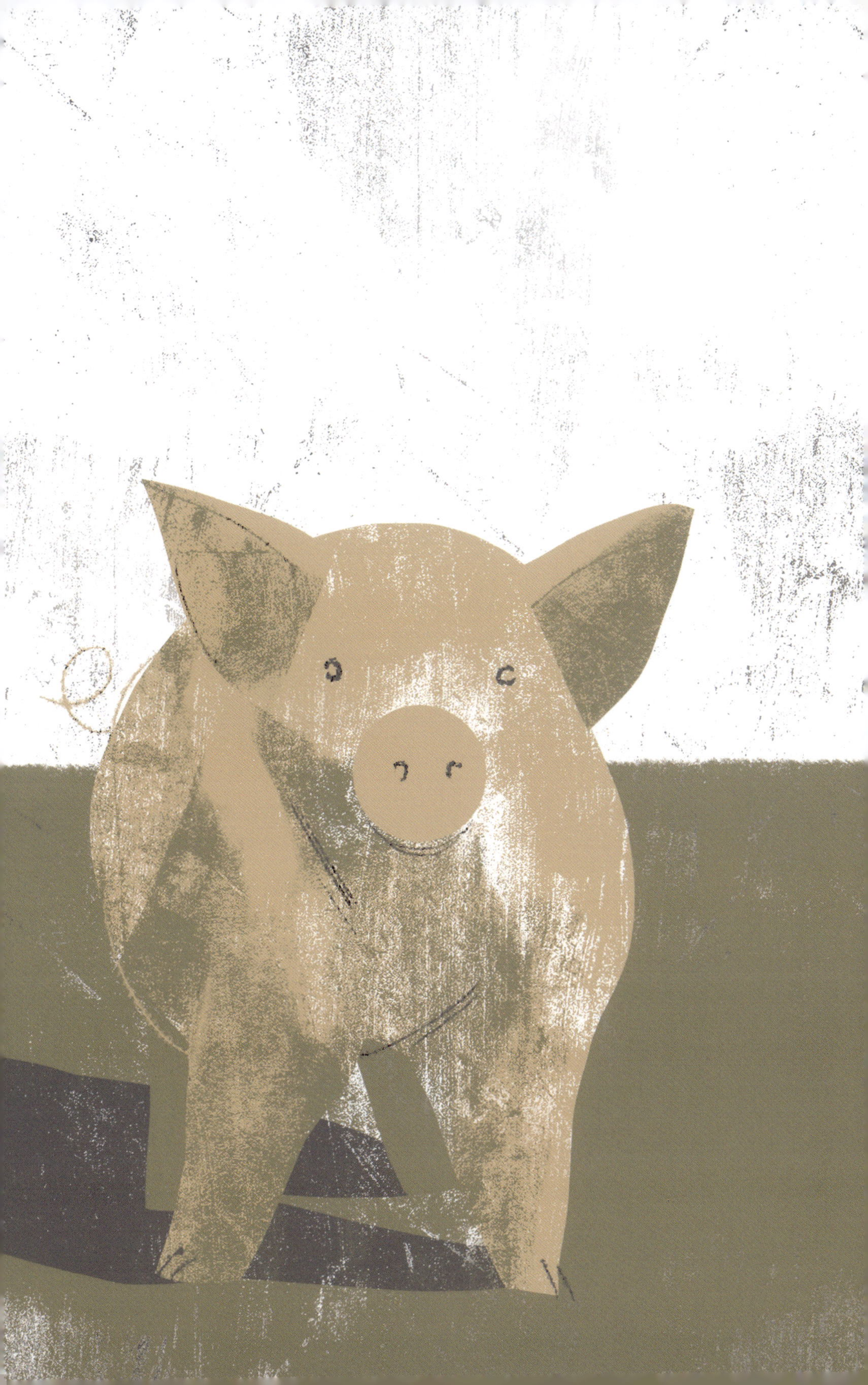

Bicho-papão

Que papa o bicho-papão?
O papão papa canjica?
O papão papa feijão?
Isso –juro! – não sei, não!
Mas, pelo sim pelo não,
longe de mim o papão!

O último pássaro

O último pássaro do mundo
pousou no telhado.

Vinha aceso,
mas escondia no peito
mortal melancolia
(há muito não via nada
que consigo se parecesse:
bicho de pena e asa).

Gatos, em suas andanças,
torciam os bigodes
para tão esdrúxulo petisco.
Um ornitologista passou de olhos baixos
e não o viu. Se o visse, não se importaria:
ocupava-se agora de ornitorrincos.

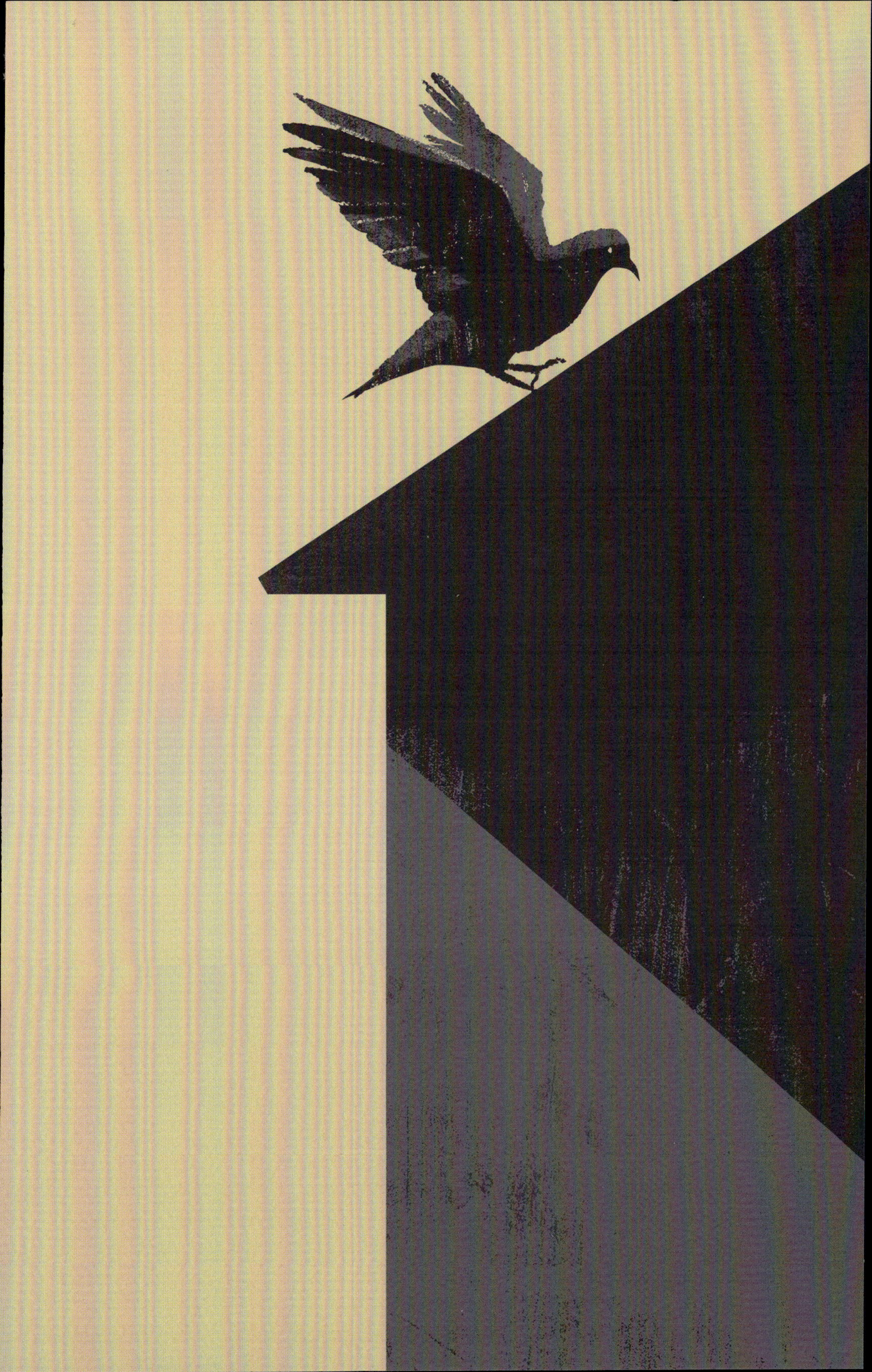

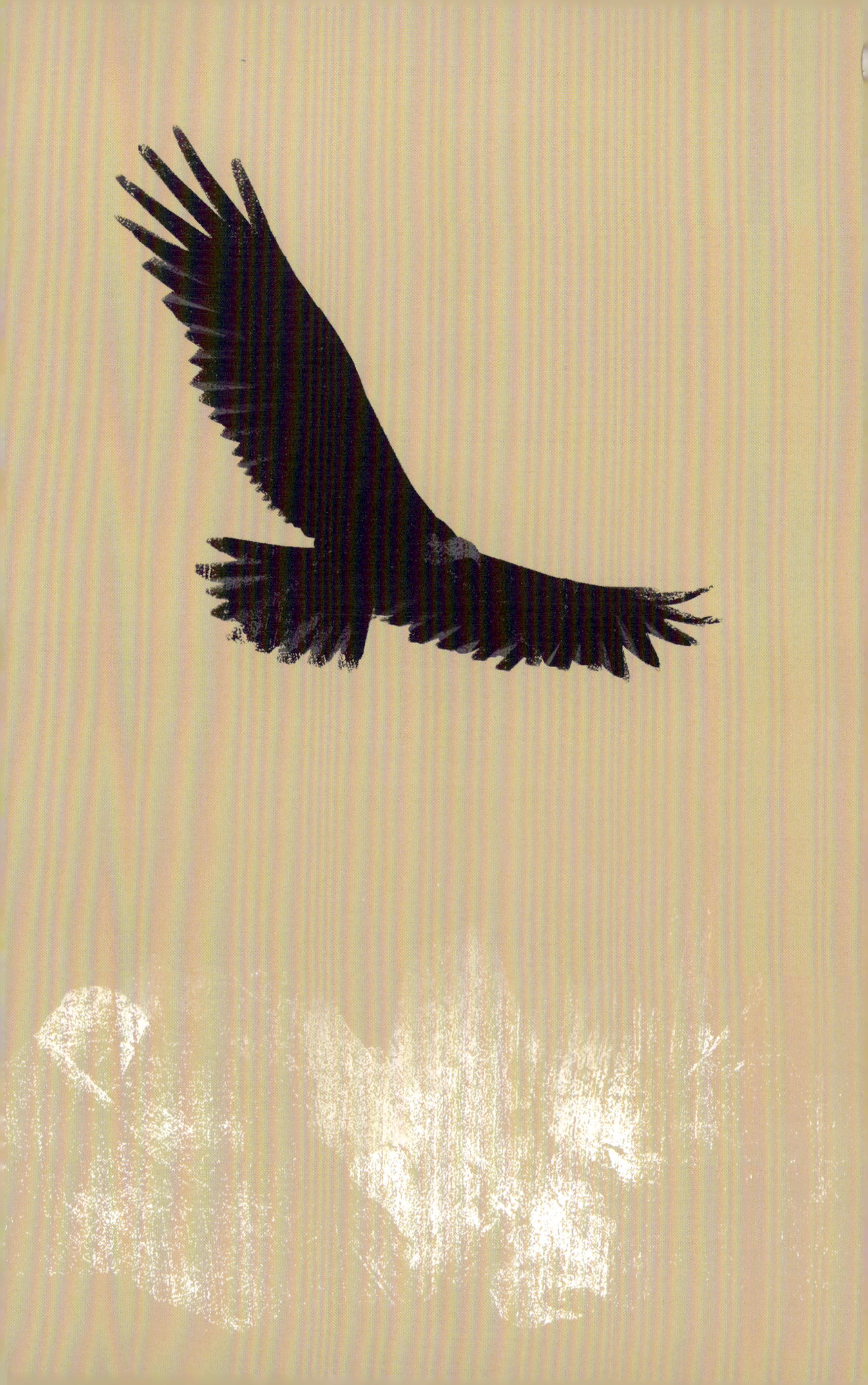

Urubu

O urubu, todo de preto,
todo de preto vestido,
mais parece um cavalheiro
afeito a papas finas.
Mas vive sem nenhum luxo
com o pescoço no lixo!

Bicho dragão

Bicho dragão
é assim:
ora aparece
do nada,
ora some
na fumaça,
voando para o Japão.

Dragão é bicho escamoso,
dragão é bicho esquentado,
dragão é bicho manhoso:
num momento, apagado,
noutro, ardendo em brasas.

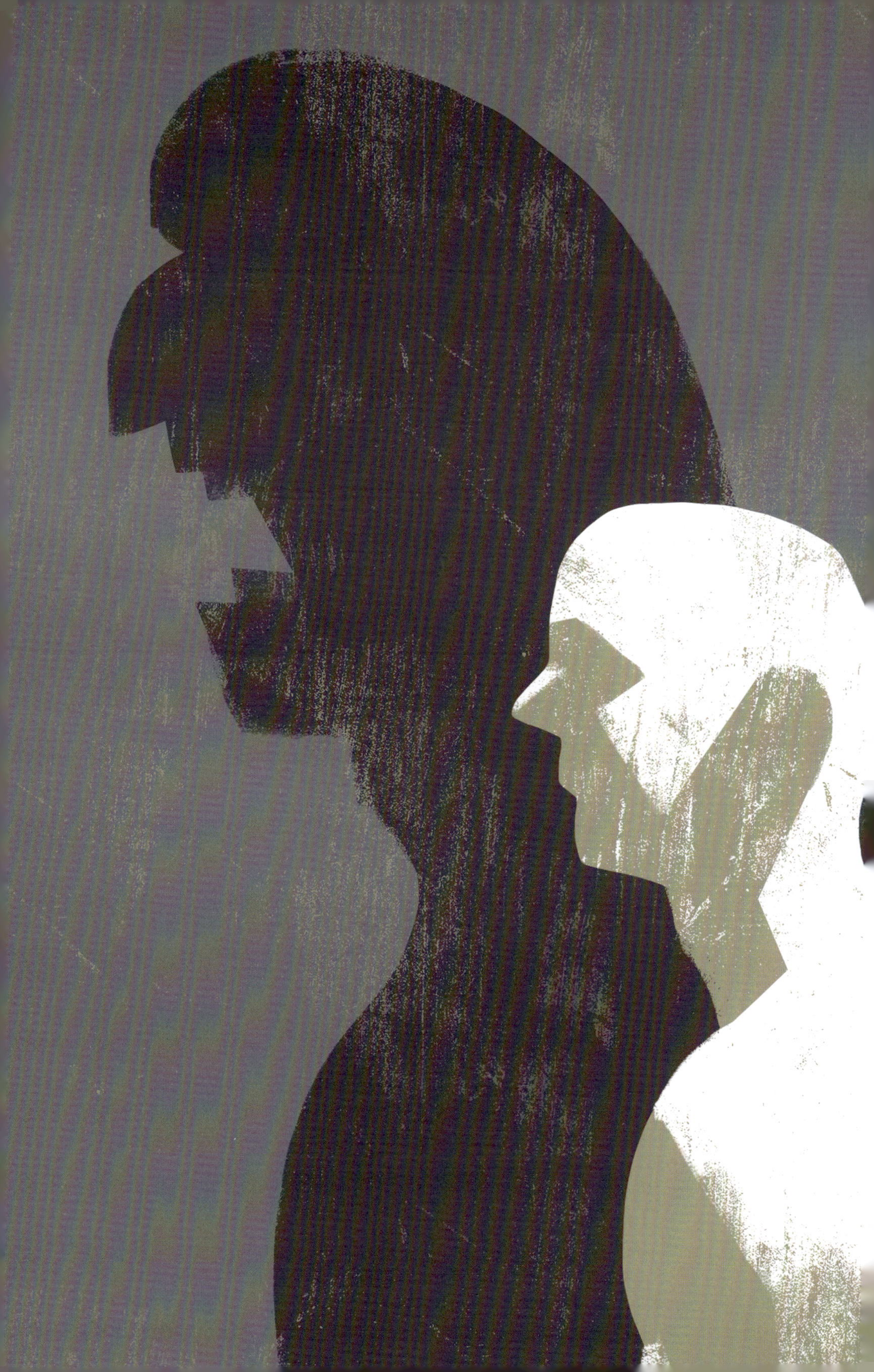

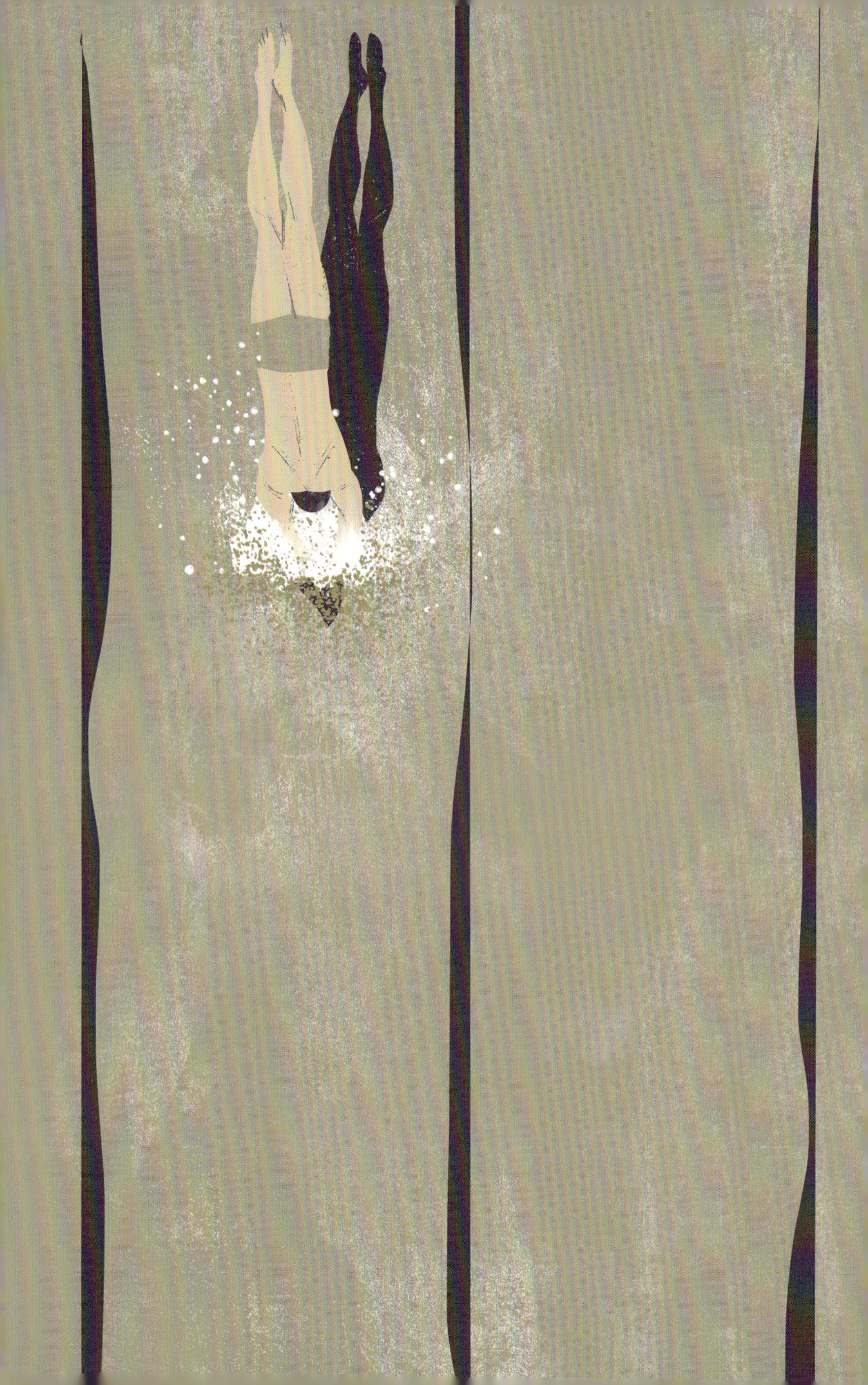

Nado livre

Na piscina
o homem é peixe,
borboleta exótica,
submarino.

Habita, espécie única,
o mar portátil.
Onda nenhuma turba a paz
proclamada!
A cor que o apraz:
azul-dourado.

Não teme o homem
no espelho claro
tempestade, nau pirata,
e só por excessivo zelo
contrata salva-vidas e clora
a água.

Entrevista com a aranha

Se não teço, não almoço.
Se não teço, não janto.
Por isso, vivo a tecer
com todas as oito patas
sem descanso, sem descanso!

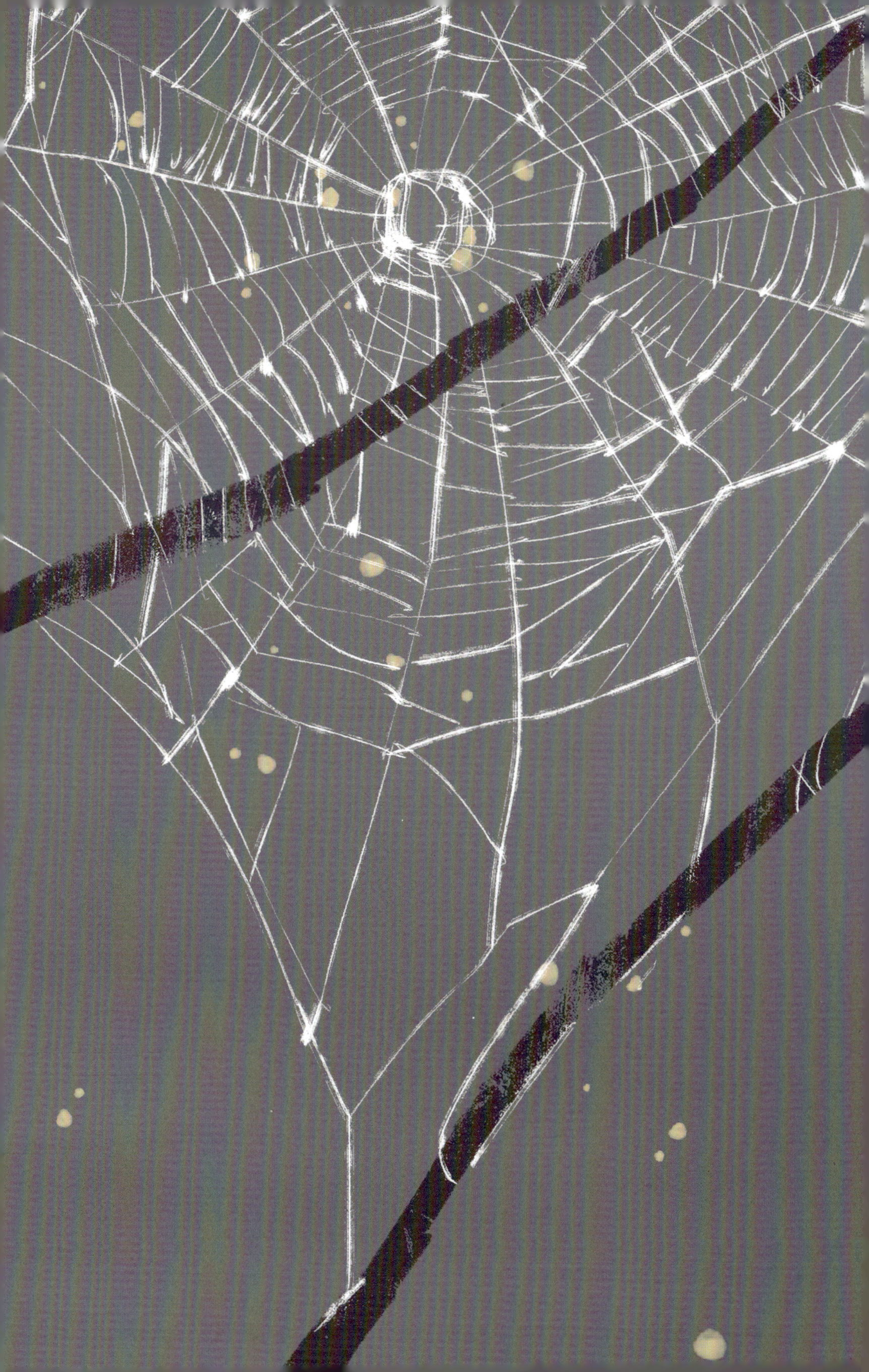

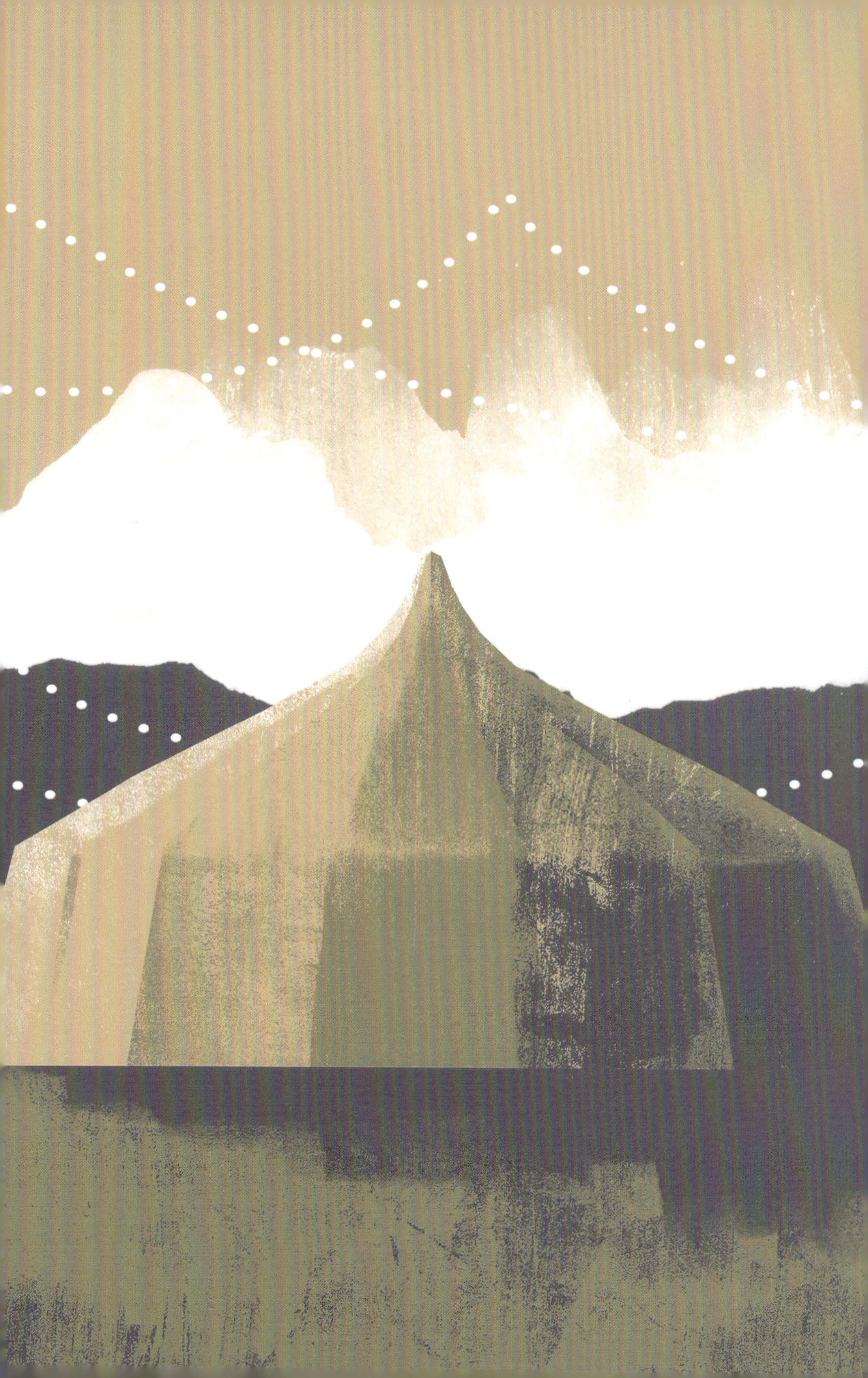

Era uma vez...

Era uma vez um circo
que perdeu o engolidor de espadas
por causa de uma úlcera.
O palhaço casou-se com Úrsula
(a trapezista) e deu o fora.

E o circo, de uma hora para outra,
foi pra lona.

Lição de História Natural

O mamute, dona Iara,
parece... mas não é um elefante.
O mamute, seu José,
era uma bola gigante
de pelos (mas só assim para viver na Idade do Gelo).

O mamute, dona Teresa,
era de impor respeito!
Também, com aquelas presas...

E quem diria que um bicho
com tanto peso tomasse um chá de sumiço?